한라산의 겨울

한라산의 겨울

김경훈 시집

삶이 보이는 창

나의 노래

노래를 지지리도 못하는 음치라서 노래방이나 단란주점은 나에게 또 하나의 스트레스 장소다. 구석으로 밀려난 빗자루처럼 구겨져 있다가 어쩌다 한 곡조 뽑고 나면 주위가 민망해진다. 그래도 나는 이러한 시선들을 의식하지 않고 최선을 다해 발광하듯 부른다.

이번에 펴내는 시편들도 나의 그런 노래들인 것 같다는 생각이 든다. 시로 치자면 비시(非詩)이거나 시적(詩的)인 것인지도 모른다. 그러나 마지막으로 「놀래」를 쓰고 나서는 그야말로 신명으로 노래 부르고 미친 듯 춤을 추고 싶었다. 정작 그랬다면 못 부르는 노래에 못 추는 춤까지 곁들여졌으니 그야말로 가관이었겠다.

감히 제주 4·3영혼들에게 바친다는 말은 하지 않겠다. 다만 이 작업은 나 혼자만의 작업이 아니라는 사실이다. 수많은 증언과 자료들은 그야말로 살아남은 자들의 피의 육성이었고, 죽어간 이들의 참혹한 죽음의 기록이었다. 나는 그것을 진실이 상처 입지 않는 범위 내에서 약간의 문학적 수사를 보탰을 뿐이다. 그래서 독자들에게는 외람되지만 하루에 네 편 이상은 읽지 마시라고 권하고 싶다.

이 미친 작업을 위해 가까이에서 처음부터 끝까지 나를 지켜준 그이, 아주 멀리서 격려와 질타로 나를 세워준 그이, 아낌없이 자료를 넘겨준 그이들, 그리고 크고 작은 도움과 배려로 나를 도와준 그이들에게 말로만 고맙다고 하지는 않을 것이다.

2003년 3월 김경훈

■글차례

2부

9

1 부

지난 날

저 불부터 끄고
대신, 그분을 살려주십서
삐라 만든 죄로 갇힌

미어지게 그리운 사람은 가고
게걸스런 정욕만 고스란히 인내하다가
깨진 요강처럼 버림받은 나
엄연히 자라나는 뱃속의 씨, 더러운

이제 다시는 그분 생각지도 못하리라
망가진 몸으로 어찌

한때 흠모했던
스물 한 살의 그 연정만으로
내 나이는 거기에 멈춰 있는데

나머지 산 세월은 껍데기
멀리서 보이는 그분의 눈길을 차마
마주하지도 못하고

혀를 깨물고 죽어도 씻지 못할 죄
아스라한 기억만으론, 그분에게 너무 멀다

이건 구두라니까

셀 수 없이 다짐했다

이건 구두다 이건
그들이 신던 신발이다 이건
노획한 밥솥이다 이건
철모다 등에 지고 가는 이건
절대로 머리가 아니다 이건
발 냄새다 피 냄새가 아니다

파견소 주임이 나무 그루터기에 걸쳐놓고
톱으로 목 자르는 걸 분명코 난 안 본 거다

동네에서 철창에 꿰어져 전시된 건
철모다 구두다 신발이다 밥솥이다 정말로
사람 잘린 목이 아니다

아니야 아니야 아니야 아니야
이건 구두라니까

아니라고 아무리 아니라고 우겨봐도
내가 지고 온 것은

머리다 내 등을 타고 내려오는 섬뜩한
이 피!

잠시, 같이 일을 했던 동무의 머리다

증명서

네가 양민이란 걸
네가 제주읍에 살고 있다는 걸
뭘로 증명할 거야

할아버지 제삿날
집에 온 큰형
닦달하는 육지 순경들

아,
제주읍에 산다는
여기 저기 급히 뒤져도
나오지 않는
증거
이상하네
분명히 여기 두었는데
어디 있지
어디에 뒀지

시신을 찾아낸
어머니가
훅, 울음 운다

웃옷 안주머니에
고이 접힌
재직증명서

눈 먼 할머니

따스한
가을볕
이를 잡는지
곱게
곱게 머리를 빗다가
똑바로 쳐다보지 않는다는
불호령
초가집 마당에
피보다 먼저
떨어진
참빗

곰도 무섭고 범도 무서운

비산비해—
산도 말고 바다도 말라
아래 붙으면 위에서 당하고
위에 붙으면 아래서 당한다
무색무취—
아무 빛깔이나 냄새를 피우지 마라
낮엔 대한민국
밤엔 인민공화국
날 밝으면 토벌대가 무섭고
땅거미 가리면 무장대가 무섭다

산사람으로 위장한 경찰이 들이닥쳐 말했다
'왜 동무들은 산에 협조하지 않는가?'
'우리도 산에 쌀도 올리고 돈도 올려수다.'
'이런 빨갱이들 다 죽여!'
'아이고…!'

군인 복장을 한 무장대가 마을을 불질렀다
불을 끄려고 지붕 위로 올라가던 노인이 총 맞아 떨
어지고
옆집으로 '불이야 불이야' 외치며 달려가던 아낙도

죽고
　'이 빨갱이들 내가 죽이겠다' 며 달려들던 장정과
　그의 아들도 죽창에 찔려 죽었다

　아버지는 묵은가름 집에서 몸져누워 지내다가
　토벌대 총에 맞아 죽었고
　아들은 마을 보초를 서다가 무장대 습격 때
　칼 맞아 죽었다
　이쪽 저쪽이 다 무서워 산에 들에 피신하던 삼촌은
　누군지 모를 사람들에게 죽어 시체도 찾을 수 없었다

임종

대구형무소 병상, 중환자 침상에는 뼈만 앙상한 남자 하나 누워 있다. '환자위급급래요망' 전보를 받고 허위허위 달려온 아내를 바라보는 휑한 그의 눈동자에는 세상의 모든 말들이 담겨 있었다. 아내는 목이 메여 젖은 눈으로 그의 눈을 바라보기만 할 뿐이다.

남편 : (팔을 힘겹게 움직여 아내의 손을 잡는다)
　　　……

아내 : (지친 삶을 그대로 보여주는 손을 내밀어 마주잡으며)……

남편 : (아내의 고생을 생각하듯 손을 바라보기만 한다)……

아내 : (두 손에 떨어지는 눈물을 보다가)……

남편 : (손을 빼며 밭은기침을 한다. 숨이 멎을 듯이)……

아내 : (남편의 목 언저리에 나있는 깊은 상처와 피얼룩을 바라보며 형무소 안에서 무슨 일이 있었는지를 직감적으로 느낀다)……

남편 : (무슨 말인가 해야겠다는 듯 콘크리트 벽처럼 굳은 입술을 움직인다)……

아내 : (남편의 입술 가까이로 자신의 귀를 가져댄

다)······

남편 : (그의 마음의 눈앞에는 병든 부모와 어린 아
　　　이들 그리고 자신의 주검을 보며 울부짖는 아
　　　내의 모습이 떠오른다. 그것뿐이다. 단 한마디
　　　의 말도 그의 입에선 나오지 않는다)······

아내 : (남편의 눈을 감기며) 춘보 아버지······!

　시신은 화장해서 고향 제주에 묻었고, 제적에는 '한
인생(韓寅生) 檀紀 4254年 1月 25日 出生 檀紀 4282
年 10月 19日 慶尙北道 大邱市 삼덕洞 82-1番地에서
病死 刑務所長 通報' 라고 적혀 있다. 유골 없는 헛봉
분 앞에는 아들 손자들이 줄지어 절을 하고 있다. 멀
리서 흐뭇하게 바라보는 할머니의 눈가에 눈물이 고
인다.

수난 3대

4대 독자 외아들이
군인 총에 죽어가자

허망하여라
열여덟 아까운 아이

아버지는
절벽에서 떨어져 죽고

우리 집안 씨가 멸했구나
이제 살아 무엇하리

할아버지는
천장에 목매달아 죽고

아, 다랑쉬

발굴 전에는
아버지의 유골이 세상에 나오기 전에는
얼마나 아버지를 욕하고 원망했는지 모른다
나고 자란 마을에서도 빨갱이새끼 손가락질 받으며
하다 못해 코흘리개 동창들에게도 따돌림당해
그렇게 도망치듯 육지로 밀려와 아버지를
잊으려고 머릿속에서 깨끗이 지워버리려고
양아치처럼 건달로 이제껏 살아왔지만

발굴 후에는
도대체가 죄송스러워 견디지 못하겠다 왜
유골 한 줌이라도 내 손으로 거두어
묻어드리지 못하고 관의 압력에 굴복해
화장해서 뼛가루를 바다에 다 뿌려야만 했는지
어엿한 도백이 된 옛날의 그 동창생
그의 말만 믿어야 했는지 옛날처럼 정보기관은 왜
그렇게 무서운 지 아이고 내 아이들 보기가
창피해서 아이고 아버지 나 정말 미치고 환장허겠소

병신!
머저리 같은 놈!

도의회 김영훈의원이 나에게 욕을 해도
자긴 아버지가 육지형무소로 끌려가 죽었는지
살았는지도 몰라 달랑 사진 한 장 놓고 제사 지내는데
넌 유골을 찾고서도 그것마저 제대로 챙기지도 못하
느냐
술 먹고 울면서 욕을 하여도 아,
시대 탓만 하기엔 내가 너무도 정신이 없었다
정말로 너무도 줏대가 없었다

정신 잃은 채 시간이 가고
줏대 없이 시간이 흘러가고
오늘
다랑쉬 위령제에서 난 진로소주를 올렸다
한라산 소주 사장이 자유수호연맹 회장이 되면서
민예총 같은 좀 색깔 있는 단체엔 광고도 안 준단다
그래서 한라산 소주 안 먹기 운동한다기에
그러냐고 일부러 진로소주를 한 박스 사서 제주로
올렸다

아버지
다랑쉬굴에서

연기에 질식해 피 토하며 죽어가신 아버지
불효자식 술 한 잔 받으시고
나한테도 주십서 나도 이제 예순 넘어
어떵헙네까
나도 이제 아버지 옆에 갈 날 다 되어신디
아버지 얼굴 같은 다랑쉬 오름 앞에서
이제야 아버지 이름 한 번 크게 떳떳이 불러봠수다
고짜 순짜 환짜
아, 아버지

비석을 묻으며

'무법천지세상만나법도모르는악도들의총칼에횡사하
시다'

이렇게 쓰려고 했는데
노태우대통령 시절이라 다들 만류한다
아, 아직도 사회 분위기가 이렇구나
하지만 비문 내용이 사실 아닌가

'무법천지세상만나무고하게횡사하시다'

이렇게 쓸 수밖에 없었다
어느 대통령 시절이면
바르게나 쓸 수 있을까 아, 언제면
역사 바로 세워질까

나무 위에 숨어

가을이라
달 밝지
바람도 자지

내가 떠는지
나무가 떠는지

아래는 보지 않아도
학살의 그림자 오줌에 젖고
잔가지 떠는 소리만
파르르

파르르

메밀죽 한 사발

메밀죽 끓여와시매 먹으라게
제발 한 사발 아니
한 숟가락이라도
먹어보라게
먹고싶덴 허난
부리나케 쑤어와신디
무사 고개를 돌렴시냐게
아이고 악독헌 놈덜
어떵 사람을
이 지경으로 만들 수 이시카게
뭔 고문을 당해시믄
성헌 디가 어시냐게
아이고 불쌍허연 눈물난 못 보키여
자 먹으라게 이건 저승밥이여
살아생전 마지막 음식이여
먹고 싶은 거 먹엉 가라게
한 숟가락이라도 먹어보라게

사람 목숨이 소 한 마리 값

부랴부랴
밧갈쇠를 팔아서 돈을 마련하고
두모지서 그 겁나는 문턱
허겁지겁 넘어
'여기 돈 가져와수다 우리 손주 풀어줍서'
'돈 거기 책상 위에 놓고 뒷마당으로 가봐'
'아이고, 살려주켄 허지 안해수꽈'
'이런, 돈이 필요 없는 좋은 데로 보내줄까'
할머니는 소 한 마리 값을 지불하고 대신
손자의 시체를 인수하여
터덜터덜
두모지서 그 높은 문턱을 되넘어
끌 소 없는 구루마에 손주 싣고
이랴이랴

연좌제

어디로든 길이 막혀
숨쉴 틈조차 없다
삼족 삼대를 멸하는 봉건의 악형
하릴없이 세월만 흐르고 더디 흐르고

젖동냥

자랑자랑 웡이자랑
이런 미친 놈의 세상도 이시카
남 죽을 때 같이 죽어졌으면 이런 험한 꼴
보지 않아 좋아실건디
모진 목숨이 원수지 원수라
오 오 기여기여 울지 말라
이 불쌍헌 거 아방 얼굴이 검은 지 흰 지도 모르고
어멍 배에서 나온 후에 이레 화륵 저레 화륵
어디 편안히 젖 한번 먹어나져시카
어진아 울지 말라
운다고 이 할망신디 무슨 젖이 나오크냐
아이고 이 애기가 닷새가 넘도록 젖 한 모금 못 먹
어수다
젖 조금만 주면 그 은혜 평생 잊지 안허쿠다 너무
경허지 맙서 돼지 같이 생겨 젖도 많이 나옴직 허다
마는
야이 젖 좀 줍서 예? 남자 어른이라마씀?
아이고 나도 먹은 게 없으니 눈에 헛것이 보이는 모
양이여
나 저 한경면에 사는 어진이 할망인디
우리 애기 젖 조금만 먹여줍서 못 먹어노난

숨만 헐떡헐떡 허는 게 안 보염수꽈

아이고 세상이 험악허다 보니 인심도 험악허구나

이 애기 어떵헌 애긴 줄 알암수꽈

사태에 애기 어멍 아방이 다 죽어부러수다

아방은 서북청년 총질에 죽고

어멍은 이 애기 밴 때 일본도에 찔려수다 온 몸 여

섯 군데

목숨은 질긴 거라고 고산리 좌의원에서

치료를 받으며 두 달 후에 애기를 낳아십주

그걸로 제 할 도리 다 한 걸로 목숨 끊어져십주

이 애기 어멍 죽으멍 나신디 뭐렌 헌지 알암수꽈

어머니

이 애기 열다섯 십오 세 까지만

놈 흉 안 보게 키워줍서

머리 빗겨 길 나설 때

거지 신세 면케 해줍서

나 죽어서라도

은공 갚으쿠다

먼저 간다고 욕하지 말고

우리 애기 잘 키워줍서

죽을 힘 다해 울며불며 말헙디다

나 말 알아 들엄수꽈 경허난 이 애기 젖 좀 먹여줍서
아이고 어진아
세상이 어려워도 인심은 살아 있구나
줄 때 어서 하영 먹으라 기여기여
우리 어진 착허다 어이구 우리 어진이 착허구나
어진이 아방!
어진이 어멍!
지금 뭐 햄서게 어느 바람질 구름질에 떠돌며
아직도 못 돌아옴이라 이 아들이 보고 싶지도 않헌가
이 야속헌 사람들아
어진이가 어멍 찾는 소리 못 들엄서
아방 찾는 소리 못 들엄서
오 오 기여기여
아이고 우리 어진이 졸렸구나게 자라 자라
자랑자랑 윙이자랑
어멍 찾아 가자 윙이자랑
아방 찾아 가자 윙이자랑
자랑자랑 윙이자랑

마당질 소리

어야홍아 어야허야
시월이라 초사흘날
집 마당에 멍석 깔아
조코고리 널어놓고
이디 저디 두드려보자
모다들민 못헐 일 없나
혼 섬 허고 두 섬 허고
먼디 사람 소리 좋고
조끗디 사람 구경 좋고
설운 어멍 날 낳을 적에
요 쌩일 허라고 날 낳던가
아야홍아 어야허야
사시가 넘어신가
군인들이 들이닥쳐
왜 왔냐고 묻기도 전에
무조건허고 총질하니
아이고 이 가슴에
아이고 이 내 배에
다락다락 총 맞으니
죄나 알앙 죽엄시믄
그중 알앙 가쿠다마는

설움도 서럽다
원통도 허다
분통도 허다
요놈저놈 뜨릴 놈 많네
지치고 다쳐 못 홀로라
젖먹은 기신 다내여서
두드려보자 어야홍아
이야도 하야 어야도 하야
이야홍 이야홍

심연, 빌레못동굴에서

굴 밖으로 나가면 죽을지 몰라 차라리
더 깊은 데로 들어가면 못 찾을 거야
더 안으로 안으로만 들어가다가 아
관솔불도 다 떨어지고 석유도 이젠 없어
희미하던 마지막 불빛마저 파르르 꺼져 버리고
어둠이 어둠에 가려 보이는 건
죽음보다 더 짙은 그저 어둠 뿐
나갈 수가 없어 어디가 어딘지
길이 있는지조차 몰라 기어 바닥으로
기어 휘어이 휘이 기어도
더듬어 만져지는 이 칙칙한
이 벽의 두려운 느낌은 아까
처음 그 자리로 맴돌고
어디로 가든 심연에로의 아득한 함몰
제 자리에서 땅이 꺼지는지도 몰라 섬뜩
죽음보다 먼저 닥쳐오는 절망의 공포
멀리서 저 멀리서 들려오는 희미하게
부르는 소리 어디선가 날 부르는 소리
굴 밖에서 날 부르는 남편의 목소리 온몸이
어둠에 갇혀 오직 귀로만 걸어가도 가도 가도
아 어디인가 희미한 환청으로는 출구를 몰라

날수로 며칠이나 지났는 지도 몰라
어미 빈젖을 힘겨이 빨던 딸아이는 벌써 이울어가고
어둠은 나의 죽음까지도 삼키고 있는지 몰라
아주 오랜 시간이 흘러 벌써 나의 육신이
썩어 허연 백골이 되었는 지도 몰라
딸의 숨결 남편의 목소리와 함께 어쩌면 함께
하늘을 보고 있을런지도 몰라 어쩌면
내 눈이 너무 어둠에 익어 어쩌면 빛을 보면서도
너무도 아찔하여 아예 눈을 잃어버린 건지도 몰라

돈 때문에

그 돈
우리 식구 먹여살릴 그 돈
소개 내려 해변마을 갔다가 그 돈
오직 그것만 생각하며 고생 이기려던 그 돈
없어 딸 하나 고구마 한 자루에 시집팔려 간 그 돈
가져도 못 살 눈 먼 딸 어찌 살꼬 그 돈
찾으러 고향마을 올라가 묻어둔 그 돈
궤짝을 파내는데 내 손을 밟는 군화발 아, 그 돈
몽땅 털어가고 내 몸도 앗아가고 그 돈
우리 살덩이 피눈물밥인
그 돈

저기 어둠 속에

저기 어둠 속에 웅크리고 있는 건
형체를 알 수 없는 저
시커먼 괴물은 차갑게 눈을 빛내며
나를 쏘아보고 있는 저건 나를
죽이려고 달려드는 저 검은 그림자는
아악 군인이다
난 아니야 저리 가 저리 가
아악 내 그림자가 빨간색이네
이건 아니야 이건
내 그림자가 아니야
아악 토벌대가 온다
닭터럭 불리듯이 떼지어 온다
돌을 던져 어서 돌멩이를 던져
내가 죽이지 않으면 내가 죽는다
어서 몽둥이로 쳐라 그래
죽창으로 찔러 아악
누가 나를 빨갱이라고 손가락질하네
여기 숨어 있다 이놈이다
저 손가락 저 손가락
총보다도 무서운 저 고자질총
아악 어서 어서 도망가라

걸리면 죽는다 어서 빨리 뛰어라 아들아

어둠 속에서 발광하는
아버지의 눈에 보이는 건 모두 군인이다 그렇게
악다구니치며 죽인다고 패대기질 할 때
두들겨 맞는 건 항상 어머니다
나도 알아보지 못하고 풀린 눈으로
멍하니 한라산만 바라보다가 아버지는
죽은 아들 찾으러 나간다 맨발로
들판을 쏘다니다가
그 후 아무도 더는 아버지의
행방을 알지 못한다

고부간

어머니
나 오랐수다
나만 혼자 살앙왔수다
산에서 살단 모진 목숨 혼자만 살앙왔수다
죽어도 서방이영 같이 죽잰 애기덜 데리고
그날 밤에 산으로 올라수다
토벌오면 이리 피하고 저리 피하고 위로만
위로만 올라가멍 살아수다
움막을 만들어 사는 디 아침에 총소리가 다다다다
납디다 하필이면 눈이 펑펑 그날 따라 많이 옵디다
맨발로 화닥닥 도망가는데 날은 춥고 잔뜩
움츠리니까 갑자기 배가 아파옵디다 막
아판 둥글어가난 아방이
나뭇가지 꺾어다 짚을 덮언 자리를 만듭디다
거기서 눈 위에서 아기를 낳아수다
열흘 후쯤
군인들 경찰들 민보단들 한 발 간격으로
새까맣게 몰려옵디다 큰아이는 아방이 업고
물애기는 구덕에 눕형 이신디
총소리에 큰아이가 탁 쓰러집디다
아이고 어머니 빨리 와 어머니 나 아파

아이고 나 아무 것도 못해수다
아방은 민보단 철창에 죽어가고
물애긴 울어가난 큰돌로 구덕을 지둘라붑디다 난
오도가도 못하고 와들와들
떨고만 이신디 철사줄에 묶여 질질질
끌려가수다 동척회사에 갇혀 두 달 동안
장작으로 맞아 뼈가 다 어긋나고 헐렁해집디다
어머니
나 오랐수다
죽어지지도 못허고 영 살안 왔수다

"왜!
왜 너만 살앙왔냐
내 아들이영 나 손주덜 다 어디 가고
이년 죽일년 베락맞을 년
당장 나가라"

당신 피는

빨간 잠바 입었다고
빨갱이라고
죽창에 목 찔려
죽었습니다

누런색 미군복
물들인 건데
당신 피는 빨갛지
파랗습니까

지하실에서

"여기가 어딘 줄 알아?"

희미한 백열등 아래로 드러나는 지하 취조실에는 책상과 나무의자, 그리고 구석에는 나무침대에 모포가 아무렇게나 구겨져 있었다. 칙칙한 벽에는 거무튀튀한 얼룩자국 위로 밧줄이며 올가미와 쇠줏매, 몽둥이며 수건 등이 걸려 있고 그 아래로 커다란 물통과 양동이에 물이 가득 채워져 있었다. 음산한 어둠과 숨이 막힐 듯 퀴퀴한 지하실의 냄새와 남자의 스산한 목소리는 여자에게 공포를 자아내기 충분했다.

책상을 사이에 두고 마주 앉은 두 사람 사이에 깃들여졌던 정적을 깬 것은 옆방인 듯 어디에선가 들려오는 사내의 비명소리였다. 지독한 고문을 당하는 듯 비명소리는 길게 이어졌다. 여자의 표정이 더욱 굳어지며 일그러졌다. 여자의 세 살쯤 되어 보이는 딸은 모서리에 박혀 앉아 정물인 듯 아예 움직임조차 없었다.

"네 남편 이름이 김봉창이지?"

"예."

"어디 갔어?"

남자의 느닷없는 고함에 여자애가 그제서야 울음을 터뜨리며 제 엄마 쪽으로 다가왔다.

"왜 이렇게 시끄러워!"

남자가 자리에서 일어나 벽에 걸린 수건을 집어들더
니 여자애의 입을 틀어막고 한 대 후려치자 발버둥이
멈춰졌다.

　"아이고 효은아!"

　여자가 딸에게로 가려고 일어서는 순간 남자의 발길
질에 차여 휘청 허리가 꺾이며 모로 쓰러지고 말았다.
우악스런 남자의 손아귀에 옷섶을 잡혀 일으켜 세워지
는가 싶더니 숙련된 동작에 양손이 뒤로 결박되었다.
남자가 여자의 턱을 손가락으로 치켜세우며 물었다.

　"이름이 효은이야? 어때, 애를 살리고 싶지? 바른 대
로 말하면 애는 물론 너도 걸어서 이 방을 나가게 해
주지. 니 서방 산에 올랐지?"

　"나… 난, 모릅니다."

　"몰라? 그래 그럼 알게 해주지."

　남자가 여자를 끌고 물통 쪽으로 가는가 싶더니 어
느새 여자의 머리가 물 속에 처박히고 말았다. 여자가
몸부림을 쳐댔지만 남자의 힘을 당하지 못했다. 그러
기를 몇 번 하더니 여자의 몸이 축 늘어지고 말았다.
예정된 코스라는 듯 남자가 여자의 얼굴을 서너 차례
후려 갈겼다. 여자의 눈이 게슴츠레하게 풀리며 긴 한
숨을 내쉬었다. 남자가 여자를 세워 천장에 매달린 밧

46

줄에 여자의 뒷손목을 연결했다.

"니 서방은 말야, 의사면 점잖게 병이나 고쳐야지 왜 폭도들과 어울리냔 말이야, 니 서방 있는 곳이 어디야, 엉?"

"살려줍서. 난 아무 것도, 아무 것도 모릅니다."

남자의 손에 들린 예리한 칼이 언뜻 백열등에 반사되어 빛을 내었다. 남자가 느물거리며 천천히 여자에게 다가갔다. 물에 젖은 저고리 치마가 여자의 몸에 찰싹 달라붙어 있었다.

"흐흐, 몸매 하난 죽이는군."

칼끝이 빠르게 움직이더니 여자가 움찔했다. 저고리 앞섶이 풀어졌다. 여자가 본능적으로 양 어깨를 가운데로 모았지만 드러난 가슴을 가릴 수는 없는 노릇이었다. 얼핏 딸의 모습이 보였으나 딸은 죽었는지 살았는지 미동도 하지 않는다. 다시 칼이 아래로 내려가더니 치마와 소중이가 여자의 발밑에 툭 떨어졌다. 여자의 맨몸이 여지없이 남자 앞에 드러났다. 남자가 여자의 젖가슴을 움켜쥐었다가 손이 밑으로 내려가더니 거웃을 쓸어대며 말했다.

"니 서방과 언제 잤어?"

여자가 있는 힘껏 무릎으로 남자의 사타구니를 걷어찼다. 남자가 갑자기 동작을 멈추고 표정이 순간적으로 일그러지더니 씨익 웃고 말았다. 여자는 힘을 다해 찬 것이었지만 남자에게는 전혀 고통을 주지 못한 모양이었다. 그만큼 여자에게는 힘이 남아 있지 않았던 것이다.

"이런 개 같은 년. 아직 발악할 힘은 있다 이거지? 맛 좀 봐라 이 쌍년아!"

"살려줘서. 살려줘서."

여자는 피비린내처럼 끼쳐오는 살기를 느끼며 다급하게 애원하였다. 남자의 눈이 벌겋게 광기로 일렁거리고 있었다. 왼손으로 젖가슴을 움켜쥐고 어떤 머뭇거림도 없이 단번에 칼로 도려내었다.

"크아아악!"

여자의 단말마 비명이 지하 취조실에 가득 찼다. 숨통이 막힐 듯 옆방으로 새어나갔다. 이에 화답이라도 하는 듯이 옆방 사내의 비명이 다시 희미하게 들렸다. 여자의 가슴에서 솟구친 피가 복부와 하체를 타고 흘러 바닥에 흥건하게 번졌다.

여자의 비명에 정신을 깬 여자애가 살풍경을 바라보며 놀라 동그레진 눈으로 바라보다가 경기에 들린 듯억 억 소리를 지르고 있었다. 손에 든 젖가슴 살점을 피 흐르는 바닥에 버려두고 남자는 고통으로 온몸을 비틀며 비명을 지르는 여자의 다른 쪽 젖가슴을 움켜쥐었다.

"악!"

여자의 외마디 비명과 몸 동작에 맞추듯 남자가 이리저리 몸을 가누며 마저 도려내었다. 여자가 극한의 아픔에 비명을 너무 질러 소리도 쉬어 탁하게 흘러나오다가 끄억끄억 목젖에 걸려 버렸다.

"이런 씨발, 아침에 세수할 때 코피가 나더니만 저녁까지 피를 보는구만. 이럴 줄 알았으면 먼저 한번 따먹을 걸. 쩝, 그래 끝까지 가보자고."

남자는 천장에 매달린 밧줄을 풀어냈다. 그리고는 벽에 걸린 올가마를 여자의 목에 걸어 문 밖으로 내치더니 철창을 들고 퍽 퍽 퍽 사정없이 찌르기 시작했다.

"너 유방 없이 어찌 살래? 반 죽어 아프느니 아예 다 죽어야 좋겠지?"

호흡을 맞춰 천연스럽게 기계적으로 찌르다가 스물 몇 까지 세고는 멈췄다. 그런 다음 취조실 안으로 먹이를 노리는 맹수 마냥 눈길을 돌렸다. 여자애의 눈에는 이 모든 장면이 고스란히 담겨 있었다. 자신을 향해 천천히 다가오는 발자국 소리를 들으며 여자애는 뒷걸음질치며 모서리로 모서리로만 향하고 있었다.

2 부

한라산의 겨울

추워요 할머니
어진아 이리 온 이 할망이 안아주마
눈 덮인 한라산 살을 에이는
바람은 길을 흐려놓고 아
어디로 가야 하나
할머니 배고파
곡기를 본 지가 얼마인지 어진아
조금만 더 가보자 어딘가에는
사람이 이실 거여
양식이 이실 거여
졸려 할머니 나 졸려
잠들지 말라 어진아 자면 죽은다
발은 푹 푹 빠지고 한 치 앞도 보이지 않는데
할망 눈에도 저승문턱이여
할머니 나 더 못 가크라
춥고 배 고프고 힘이 하나도 어서
어진아 가자
저기가 천당이여 저기
희미한 불빛이 보이지 안 허냐 저긴
군인도 순경도 어신 디여 더
도망 안 다녀도 되는

따뜻한 아랫목이여 아
곤밥이여

꼬옥
껴안은 채
눈사람 되어 가는
두 사람의 머리 위로
눈보라는 휘몰아치고

자살

고 아무개는 처녀 공출 제때 못했다고
정주임에게 불려가 반 죽게 매타작 당하다가
지서 앞에서 총 맞아 죽었대

김 아무개는 5분 내로 돼지 한 마리 잡아
바치지 못했다고 성기에 전기고문 당하다가
시커멓게 탄 채로 가마니에 버려졌대

부 아무개는 아들이 총에 맞아 죽는 것을 보고
왜 삼대 독자 외아들 죽이냐며 대들었다가
이마에 총 맞고 죽었대

양 아무개네 각시는 서방이 산에 올랐다고
대창으로 찔러 죽일 때 뱃속의
태아가 꿈틀거리자 재차 총으로 쏘았대

마을에는 험악한 소문만 흉흉하게 떠돌고
아들놈은 어디에 있는지
죽었는지 살았는지도 모르고
지서에 가면 어차피 죽을 목숨
개죽음 당하느니 차라리

스스로 목숨을 끊겠다

신 아무개는 아들을 찾아오라는 명령을 받고
아무리 찾아도 찾아도
찾을 수 없자 결국 집에서 목매달아 죽었대

생매장

새벽 1시경
위미리 해안가에서
마대자루에 담긴 채
바닷물 속에 처박혔다
숨이 막히면
짠물 후루룩 들이키며
죽을 힘 다해 몸부림쳤다
그제서야 자루가 들어올려지고
그리곤 다시 물 속에 잠겼다
그렇게 반 시간 정도
사경을 헤매는 나에게
삽을 건네주었다
땅을 내 키만큼 파라고 했다
삽질을 하는데 등 뒤로
수군대는 소리가 들렸다

저 놈은 김태성이가 아니고 김태섭이야
이런, 잘못 잡아 왔잖아
피라미 새끼도 못 되는 거
에이 그냥 묻어버리지 뭐

삽을 건네받은 그들이
나를 밧줄로 묶고
내가 판 구덩이 속으로 빠트렸다
몸 위로 흙이 쏟아졌다
발목에서부터 허리까지 금세
목만 남긴 그들이
땅을 다지며 밟아대다가 말했다

네 이름은 김태성이야, 알았지
아니우다 난 김태섭이우다 살려줍서

눈과 코 귀 입에 흙이 가득 들어찬 채
그렇게 나는 죽었다
누군지도 모르는
김태성으로 죽었다

독약

구릉의 물에 독약을 탔는데
그 물 먹고 사람이 죽었다
말도 먹고 죽었다
허기진 사람들은
그 말을 잡아먹고 식중독으로 죽었다
미친 들개들만
개소리 내며 더욱 날뛰었다

그때
우리는 독으로
제거되어야 할 보균자였고
뿌리 뽑혀야 할 잡초였다

전염병이 돌면 가축을 도살하여 파묻듯
김매면서 잡초가 불쌍하다고 생각하는가

요참

이 세상에서 제일 좋은 이름
짓겠다며
갑자을축
우리 손주 잘 낳수다

음력 시월 열사흘 날
떼죽음 속

아이가
눈떠 있어
일으켜 안아 보니
툭
갈비뼈 아래가 털어집디다
아이가 두 동강

동네 밖에
병정말축 손꼽으며
웃는
미친 하르방 보입디까

무사 오라방 머리에 곤밥이 이신고

모래밭에서 총 맞아
죽은 오라방
석쇠에 구운 돼지기름 빠지듯
피는 다 아래로 스며들고

깨진 머리통엔
백설처럼
하얀
쌀밥

개에게 뜯겨

칙 칙
워리 워리
쫑 쫑
물어라 물어
이 놈 머리 좋은 놈이니 머리부터 물어
다리를 물어
배때기도 물어버려

말뚝에 묶인 채
사냥개 두 마리에게 뜯겨
만신창이로 버려져 있다가
눈알은 까마귀에게 파먹히고

우리 집에선 개를 기르지 않는다
개 같은 세상!

증거인멸

나는
벽장에 숨어
틈새로 다 보았다
군인 둘이가 누나를 끌고 와서
옷을 다 벗기고 눕힌 다음
둘이서 가위바위보를 하더니
한 놈이 먼저
혁대를 풀고 바지를 벗고
누나 위로 엎어졌다
나는 들었다
발버둥치며 살려달라는 소리
나는 두 손으로 귀를 막으며
벌벌 떨었다
한 놈이 고구마로
누나의 가랑이 사이를 쑤셔댔다
그것도 싫증이 났던지
가랑이 속으로 총을 쏘았다
나는 보았다 누나의 죽는 모습
나는 들었다 누나의 비명소리
그리곤 밖으로 나가더니
증거를 없애려는 듯

초가지붕에 불을 질렀다
킬킬거리며 불구경 하다가
그놈들은 갔다
누나를 밖으로 옮기려 했지만
벌겋게 타들어오는 불 때문에
나는 황급히 도망쳤다
누나는 알몸으로 불에 타 없어져 버렸다
그러나 보았다
똑똑히 보았다 나는 벽장에 숨어
누나가 어떻게 죽었는지

할복

두세 겹으로
포위된 트*에서
혼자 남은
그이
인민공화국 만세를
비장하게 세 번 외치더니
배에 칼을 긋더군요
한 번
두 번
세 번
내장이 주루룩
피가 터져도
그이 조용히
웃더군요
한 손으론
배를 잡고
한 손엔
칼을 움켜쥔 채
나지막이
가사를 씹으며 그이
노래하더군요

'날아가는 까마귀야
시체보고 웃지 마라
몸은 비록 죽었어도
혁명정신 살아있다'
그리곤
고통 속에
그이
죽어가더군요

＊트 — 아지트의 준말

너희들이 보기에는 웰던, 미듐, 레
어, 훈제인가 아니면 인종전시장인가

불에 탄 집은 폭삭 내려앉았다
잿더미를 파헤치자
새카맣게 탄 어머니의 시체가 나왔다
타다 남은 옷 쪼가리가 어머니임을 말해주었다
할머니는 창틀과 기둥에 묻혀 하반신만 보였고
다섯 살 동생은 할머니 품에서 몸만은 성하게 죽어
있었다

까맣게
누렇게
허옇게

리사무소 깃대에

깃대에 걸려
바람에
나부끼는
누이의 머릿결
깃봉처럼
모가지 꽂히고
피에 젖은 태극기 아래로
내려다보는
누이의 눈엔
잘린
팔다리

대살

숫자 채우기였다
숫자는 곧 전과물이었다
모자란 숫자는 대신 채우면 되었다
과장된 숫자는 항상 그보다 더 많은 숫자를 요구하
였다
그들의 죽음의 의미는 단지 머릿수일 뿐이었다

남편 이영욱이 없자 대신 부인을 불러내서 죽였다
동생 정대운이 없자 대신 형을 불러내서 죽였다
아들 허영길이 없자 대신 아버지를 불러내서 죽였다

귀를 잘라오면 주던 현상금도
목으로 가져가면 그 숫자가 높아지던 시절
그 옛날에는 많이 죽인 숫자가 자랑이었지만

지금은 그 숫자가 작을수록 좋아하는 사람들이 있다

병사

봄빛 완연한 마당에 병들어 옮겨진
벌레 가득 희롱하는 새하얀 향내의 유해
저리도 고운 꽃이여 마루 밑에 숨었다가

권총은 여섯 발

1발
1879년 10월 1일 생
북제주군 구좌면 상도리
1948년 12월 5일경
집에 경찰이 들이닥쳐
입산자 가족이라는 이유로 다짜고짜
총으로 머리를 쏘았음

2발
1893년 3월 5일 생
북제주군 구좌면 상도리
1948년 12월 5일경
집에 경찰이 들이닥쳐
입산자 가족이라는 이유로 다짜고짜
총으로 머리를 쏘았음

3발
1935년 12월 29일 생
북제주군 구좌면 상도리
1948년 12월 5일경
집에 경찰이 들이닥쳐

입산자 가족이라는 이유로 다짜고짜
총으로 머리를 쏘았음

4발
1939년 1월 20일 생
북제주군 구좌면 상도리
1948년 12월 5일경
집에 경찰이 들이닥쳐
입산자 가족이라는 이유로 다짜고짜
총으로 머리를 쏘았음

5발
1946년 8월 7일 생
북제주군 구좌면 상도리
1948년 12월 5일경
집에 경찰이 들이닥쳐
입산자 가족이라는 이유로 다짜고짜
총으로 머리를 쏘았음

어 한 발이 남네
아 저기

너 정말 반갑다

6발
1913년 11월 25일 생
북제주군 구좌면 상도리
토벌대의 명령으로 벌목을 한 후
귀가 도중 경찰이
입산자 가족이라는 이유로 다짜고짜
총으로 머리를 쏘았음

참수

잘 봐라
문제는 힘이 아니라 속도다
순간 스피드로 단번에
내리쳐야 한다
잘 들어라
바람을 가르는 소리
비명은 나중에 들리고
잘린 목을 봐라
몸에서 잘린 다음
일순 하얗다가 점점이
붉은 핏방울이 뭉쳐 흐르는 법
빛나게 날 선
이 검은 보통 검이 아니다
일본군 중위에게 하사 받은
전가의 보도다
들리느냐 검이 우는 소리가
제대로 쓰면 이 소리가 난다 보아라
이 검에는 피 한 방울 묻어 있지 않다
문제는 스피드다
머뭇거리는 순간 너가 죽는다
잡념 없이 단칼이다

알았나 토벌에는
어떤 자비심도 가져선 안 된다
너희가 살려면 무조건 죽여라

저기
몸뚱이에서 분리된 대가리가
떼굴떼굴 저 혼자
도두봉 아래로
굴러가는 게
보이는가

난도질해서

밤 12시가 넘었을 때쯤
이모부가 들어오셔서 자리에 누우셨고
난 그때 열두 살이었어요
울그락불그락 험상궂은 두 사내가 들어오더니
한 사람은 큰 봉화불을 들었고
다른 사람은 잔등에 찼던 일본도로 이모부의
머리를 사정없이 내리쳤어요
다음에는 안가슴을 콱 찔렀어요
칼이 가슴을 뚫고 벽에 꽂힌 것 같았어요
나는 무서워서 장롱 속으로 숨었어요
아이고 사람 죽이네
소리 소리쳤어요
그때 칼이 들어왔어요 내 무릎 사이로
종아리 옆으로 다리를 모으고
쭈그리고 앉은 팔 다리로
칼이 정신없이 들고 나갔어요
그 사람들은 이모부를 회를 치고 있었어요
얼마나 난도질을 하였는지
골이 칼질에 묻어 창문 밖으로 튀었어요
그 사람들이 나간 뒤에
장롱 문을 열고 보니 죽은 사람 살이

파닥파닥 튀고 있었어요
토막 난 살이
탁 탁
튈수록 피가 방바닥에 근근해졌어요
나가려고 일어서려는데 앞으로 콱 넘어졌어요
그때는 무서워서
아픈 것도 몰랐는데
내 다리 힘줄도 끊어져 있었던 거예요
난 열두 살이었어요 그때
죽느니만 못하게 한평생을 살아왔어요

홧병으로

부산에 가서 선생질하겠다는 걸
그냥 놔뒀더라면
문중 일으킬 장손이라고 그렇게
부담 지우지 않았더라면
장가 들고 밖거리에서 살라고
고집 피우지 말았더라면
보아둔 처자 말고 제 맘속 처녀와
살게 하였더라면
질질 끌려 잡혀갈 때 한 번
붙잡기라도 했었더라면
경찰들에게 제발 살려달라고
바짓가랭이라도 잡았더라면
며느리 도망 못 가게
단속이라도 했었더라면
아파 죽은 할망 병원에라도
몇 번 갔었더라면
돈이라도 넉넉하게
있었더라면
젖 먹지 못해 죽어간 손주 제대로
봐주기라도 했었더라면

내내 눈물 흘리며
한탄하다가
먹지도 않고 괴로워
목울대가 불거져 피 토하다가
숨을 헐떡이며
이렇게
홧병으로 죽어질 지
알았더라면

두 다리 잘려

일어서지 않는다고
나의 두 다리
자귀로 잘라버리네
뼈가 잘리는 고통
난 본래
앉은뱅이
저주하던 다리
그렇게 감각 없던 다리건만
하필 있어도 없는 다리
다리를 잘라 죽이다니
기어 기어
팔 힘으로만
저기
집까지만 가보자 한들
속절없이
피는 샘물처럼 솟아나고
지렁이 기어간 자국처럼
두 줄기 핏자국
돌아보니
내 다리와는 점점 멀어지고
죽음만이 가까이 다가오고

공회당 앞에서

아주 악독한 군인 네 명이 있었어
그때가 육이오 뒷해라
병가를 내서 마을 돌아다니는데
아주 악랄했어
오분 내로 닭 잡아야 했고
처녀도 오분 내로 공출해야 해
이월쯤일 거야
사람들을 공회당 앞에 집합시켰어
장정 하나를 잡아다가
죽여도 좋으냐 잘라도 좋으냐 물었어
부인은 죽지 않으려고 예 대답했지
그러더니 잔인하게 죽여버리더라고
아랫도리를 벗겨놓고 부인더러 성기를
빨라고 했어 그리곤
우리 보고 자르라는 거야
피 뚝 뚝 떨어지는 그 칼로
무를 깎더니 우리에게 먹으라고 다그쳤어
안 먹을 수가 있나 먹었지
그때 성기를 자른 사람은 곧 죽었어
얼마 후 그놈들도 헌병대 영창 갔어
미친 시절이었지

다신 그런 꼴 보고싶지 않아
그런 세상 오면 자살해야지
살아서 뭐 해

마치 경쟁이라도 하듯

무장대의 야만행위도 용서받을 수 없기는 마찬가지다

도련에서는 아들이 경찰이라는 이유로 늙은 모친을 야산 굴속으로 끌고 가서 큰 바윗돌로 움직이지 못하게 가슴과 배를 눌러 압사시켰다

아라리에서는 한 중학생이 무장대 습격 당시 피신하려다 집에 놔둔 책을 가지러 갔다가 발각되어 금산공원 부근에서 손발이 잘려 살해되었다

도두리 대동청년단장은 1948년 4월 1일 무장대에게 잡혀가 생이오름 부근에서 말뚝에 박혀 죽었다

삼양에서는 장정 하나를 우물에 빠뜨려 큰돌과 작은돌로 우물 가득 던져 넣어서 살아 나오지 못하게 했다

월정리에서는 무장대 협조를 강요하다가 말을 듣지 않자 손마디부터 차례로 온 몸을 잘라 나갔다

봉개리에서는 말을 듣지 않는다며 사람을 산 채로 땅에 묻었다

중문리에서는 우익인사의 부친을 칼로 난자해서 죽였다

마치 경쟁이라도 하듯

3 부

이렇게 말했다

로버츠가 말했다

"토벌에 있어서는 대량학살, 집단방화, 주민추방 등 수단과 방법을 가리지 말라. 특히 게릴라들의 근거지가 되는 중산간 마을은 깡그리 불태워라!"

하우스만이 말했다

"이것은 좋은 신호이다. 과거에는 2백 명 또는 더 이상으로 집단처형되었는데 이제 숫자가 20명으로 줄었다. 이것은 진보이다."

쥬리안 토스들이 말했다

"아시아인은 미국인과 동등하지 않다. 그들은 인간이 아니며 인간 이하의 존재이다. 우리는 동물을 죽일 때처럼 그들을 죽이며 결코 불쌍하다고 생각하지 않는다."

이승만이 말했다

"건국에 장애가 된다면 사상에 문제가 있는 제주도민을 전부 격리시키고 대신 사상이 건전한 이북에서 월남한 사람들을 보내 제주도민으로 만들겠다!"

박진경이 말했다

"한라산 일대에 휘발유를 뿌리고 불을 지른 다음 항공기로 소이탄을 퍼부으면 제주도 빨갱이들을 몰살시킬 수 있다. 금후 빨갱이에게 식량을 제공하거나 조금이라도 의심이 가는 자는 즉시 사살하겠다!"

정주임이 말했다

"자백해라, 넌 빨갱이지? 말 안 하면 빨갱이가 될 때까지 때리겠다. 만일 네가 빨갱이가 된다면 또 빨갱이가 되지 않을 때까지 때리겠다!"

시인은 말한다

"볶은 콩에서도 새싹은 돋아나고 아홉 번을 꺾어도 고사리는 돋아난다. 떼죽음 속에서도 산목숨 있고 너희가 아무리 죽이고 죽여도 생넋은 되살아난다."

제주현대사

고운 아인 다 죽고
궂은 것만 살안

유언

"아들아
나 죽으면 너가 맡아라
이 집과 큰 밭은 큰아들이 가지고
작은 밭은 작은아들 몫이지만 클 때까진
너가 맡아서 해라
현금은 장롱 안 바닥 보자기에 있다
아껴 써라 섯동네 영식이한테
오천 원 빚 받아라 집안의 모든
대소사는 큰할아버지와 상의해서 해라
손주들 잘 키워라
명심해라 너가 이젠 기둥이다"

말을 마치고
흰 두루마기 정장 차림으로
형장에 끌려간 아버지의 마지막 유언

"우리 아들에게 나라에 충성하며 살라고 전해 주시오"

하얀 옷에 검붉은 피 선연하고
군인들은 아들을 찾아내어

'다시 태어나면 나라에 충성해라'
총 쏘아 죽여 버렸다

연인들

오라방
이렇게 묶이니 등에 체온이 전해져 와요
마지막 가는 길에
얼굴을 바로 보지 못하는 것이 아쉽지만
이 따뜻한 느낌만으로도 난 행복해요

정임아
손 이리 줘봐
이 반지 우리 어머니가 죽을 때 꼭
며느리 주라고 한 건데

경운 오라방
우리가 이렇게 죽어야 하나요
이제 오라방 만나 살아갈 날이 하 많은데

울지 마라 정임아 마음 편히 갈 길 가야지
저 넉넉한 한라산을 보라
피눈물로 얼룩져 상처뿐인

오라방 나 지금 무슨 생각하는지 알아요
죽어도 이렇게 오라방과 함께 죽으니

미련 원망 없어요 저승 갈 때랑
이 더러운 구속 다 벗어두고
우리 날혼으로 다시 만나요

이승에서 못다 한 사연일랑 정임아
우리 저승에서 인연 맺어 날로 달로 얘기하자

저 총구가 우리를 겨눈다

재오와 순옥이

벙어리 재오는
스물 일곱이 넘도록 장가를 가지 못했습니다
길눈 밝아 앞장서서
아랫마을로 내려갔다가
삐라 뭉치 횡재하여 담배 말아 피우다가
난 아니우다 아니우다
뭐라 한 마디도 못한 채
어버버
덜컥 폭도로 오인되어 죽었습니다

팔푼이 순옥이는
열아홉 꽉 차도록 아무도 데려가지 않았습니다
먹을 양식 짊어지고
아랫마을로 내려가다가
가는 길 잊어버려 맴 맴 돌다가
난 아니우다 아니우다
이제야 지름길 생각났는데
아이고
식량 보급조로 오인되어 죽었습니다

양가 집안에서는 이를 불쌍히 여겨

살아 못 산 백년
죽어 천년 살라고 죽은 혼사 맺어주고
한 담장 안에
쌍묘 다정하게 만들었습니다

분육

자귀로 닥닥
칼로 슥슥

전각이요후각이요대가리요족발이요
좌갈리요우갈리요숭이요생간이여

소 돼지 잡듯
사람피쟁이개백정놈들

선흘리에서

혹시 선흘리에 가 보셨나요
북제주군 조천읍 중산간 마을인데요
선흘곶 동백동산 낙선동 억수동
반못굴 목시물굴 밴벵디굴
여기서들 옛날에 사람이 많이 죽었었어요
선흘초등학교 조금 덜 미처 간 곳에
불탄 낭이 있는데요
낭은 나무의 제주말이에요
옛날 초가집들이 다 탈 때
이 나무로 불이 옮겨붙어 타들어 갔는데요
지금 한 번 가 보세요 시커먼 숯덩이를
간직한 채 한 가지는 말라죽었는데요
다른 가지는 시퍼렇게 살아 하늘 보고 있어요
죽임의 역사를 간직한 채
살림의 역사를 살아가고 있지요 지금
당신이 만약 생과 사의 갈림길에 있다거나
사는 게 뭔지 어떻게 살아야 될 지 모르겠거든요
꼭 선흘리에 가서 이 불탄 낭을 보세요
어디가 산 것이고
어디가 죽은 것인지
살아도 산 것이 아니고

죽어도 죽은 것이 아닌지
가서 보세요
죽은 나뭇가지 속으로
새로운 나무가 자라고 있거든요

등잔 밑이 어둡다

밤
깊어
인적 없는
외딴 초가집
불빛 사이로 드러난
어머니의 시체 옆으로
꿇어앉은 아버지에게 다가선
총구가 반짝이고 등피불을 높이
치켜든 열한 살 딸 앞에서 죽어가는
그림자를 시커멓게 덮어가는 더욱 검은
어둠의 뒤로 바람은 불어 달무리마저 감추고

하물며 지렁이도 보이면 피해가지
않느냐 사람을 죽일 리야 있겠는가

그날 저녁
아침에 만나 얘기를 나눴던 반장이 와서
남쪽 성 밑에 있는 밭에 삽 들고 가 시체를 치우자
고 했다
거기엔 남자는 별로 없고 대개가 여자들인데
어른보다는 아이들 젖먹이 아이들이 많았다 수십 명쯤
모두 철창에 찔린 채 가지런히 진열되어 있었다
그런데

바닷게 삶을 때면 뜨거운 물에 바리바리 게거품 내
며 바글대듯
아이들이 꿈틀거리고 있었다 밟힌 지렁이처럼

목

산에서 잡힌
아들의 목을 잘랐다
어머니더러
구덕에 목 담아
알몸으로
내려가게 했다
두목의 목은
부하가 안고 내려갔다
그의 처와
두 살 난 아들은
목전에서
죽창으로 죽었다
목이 다섯 개 진열되었다

금악리에서

#0. 에필로그
자막
이 필름은 제주 4 · 3 당시의 실제 기록이다

#1. 오름
하얀 눈이 쌓인 야트막한 오름
타이틀 '금악리에서'가 오름 위로 뜬다
흰 눈 위에 진초록의 동백나무
몇 송이의 붉은 꽃을 피우고 있다

#2. 동굴
오름 아래 입구가 좁은 동굴 입구 바위틈에서
가느다랗게 연기가 피어 오른다

#3. 동굴 건너 편 들판길
갈옷을 입은 길 안내자가 동굴 입구를 가리킨다
동굴과 화면 가득 손가락이 바르르 떨린다
포위명령을 내리는 토벌대장
군인들이 굴을 에워싼다
확성기 멘트

"모두 손들고 나와라. 셋을 센다.
안나오면 수류탄을 까 던진다. 하나!"

#4. 다시 동굴
침묵
어떤 소리도 새어 나오지 않는다
"둘!"

#5. 다시 건너편
토벌대장의 얼굴, 입술만 클로즈업
"하나! 수류탄 준비!"
뒤에 있던 병사가 다급하게 외친다
"아, 저기 나옵니다!"

#6. 동굴 밖 너른 공터
에워싼 군인들
굴에서 나온 남자 4명이 손들고 서 있다
모두 굶어 피골이 상접한 모습이다
산발한 머리에 꾀죄죄하니 땟국이 흐르는 옷차림
비무장이고 전형적인 농꾼 차림이다

마지막으로 기골 장대한 사내가 나온다
손에 장검을 들고 군인들을 노려본다
클로즈업되는 남자의 눈
"이놈의 새끼들!
이 칼로 네놈들 열 놈만 베어 죽이고 나도 죽겠다!"
칼을 들고 앞으로 내딛는 사내
기겁하듯 뒷걸음치는 군인들
두 눈 부릅뜬 토벌대장의 화난 얼굴
사내를 둥그렇게 둘러싸고 군인들 총구를 겨눈다
순간 정적
정적을 깨뜨리는 총 소리
"탕!"
숨막히듯 고통으로 일그러지는 사내의 얼굴
툭 떨어지는 장검
그 위로
붉은 핏방울이 떨어지고
총 맞은 팔을 다른 손으로 감싸는 사내
앞다퉈 달려가는 군인들
씨익 미소짓는 토벌대장의 얼굴
집단구타를 당해 축 늘어진 사내

병사 하나가 일으켜 세운다
떨어진 장검을 치켜드는 토벌대장
고개를 숙이거나 돌려서 외면하는 농꾼차림의 남자들
장검이 내리쳐지고 분수처럼 튀는 피 피 피
툭
하얀 눈 위에 통꽃으로 떨어지는 동백꽃
하얀 눈 위에 선연히 떨어져 박히는 굵은 핏방울
클로즈업되는 사내의 머리

#7. 들판 길
군가를 부르면서 의기양양하게 행진하는 군인들
철사줄로 묶인 채 터벅터벅 힘없이 걸어가는 남자들
다섯 명의 남자들은 자기 발만 보면서 묵묵히 끌려
간다
마지막에 끌려가는 남자, 길 안내자의 손엔
잘린 사내의 머리가 함께 묶여 있다
분노인 듯 체념인 듯 표정이 없다

#8. 다시 또 동굴
정적

바스락거리는 소리
소년 하나가 동굴 입구에서 고개를 내밀며 밖을 살
핀다
동굴 속으로 손을 가로젓는다

#9. 다시 동굴 밖
사내의 목 없는 몸을 둘러싼 사람들
노인네들은 머언 하늘만 하릴없이 바라다보고
아낙네들은 소리 없이 흐느낀다
눈밭 위를 뛰어다니며 노는 아이들

#10. 오름
하얀 눈이 쌓인 야트막한 오름
산새가 박차고 떠난 동백나무 가지에서
투둑 툭
눈이 떨어진다
멀리서인 듯 가까이서인 듯
노랫소리가 가느다랗게 들린다
"내가 죽어 나라가 산다면
이 한 목숨 이슬 같이 바치리라…"

#11. 엔딩
엔드 타이틀
노래를 부르는 소년의 얼굴
서서히 어두워지는 화면 속으로
노랫소리가 잠기어 간다

피

총에 맞아 다 죽은 어멍
이미 식은 피 먹어
젖먹이 하나 죽고

창에 찔려 덜 죽은 어멍
아직 더운 피 먹어
젖먹이 하나 살고

산심이

남편은 형무소 끌려가 소식조차 알 수 없고
아라리 산심이의 집에
무장한 군인들이 득달같이 달겨와
임신 5개월의 산심이를
마당으로 끌어내는구나
동네 사람들이 보는 앞에서
산심이의 옷은 다 벗겨지고
군인들 다섯이 차례로 욕보이고는
집에다 불을 지르고 유유작작
사라져 버리는구나
부끄러울 겨를도 없이 산심이는
불부터 끄자고 일어서려는데
사람들은 끌끌 혀를 차며 외면해 버리고
산심이는 실성한 듯 불구경만 하는가
일렁거리는 불길이 산심이
눈가에 퍼렇게 독기로 살아
저 년 미친년이 되어 버렸구나
먼 하늘만 빈 동공에 둔 채
말없이 어둠으로만 밟고 지내다가
태어난 아기는 두 달만에 죽고
산심이도 애기 따라 죽어간 후에
형무소 남편은 사망통지서로 날아왔더라

109

정뜨르 비행장에서

제주도 계엄지구 고등군법회의 명령 제27조에 의거
사형집행을 명함 문병우 소위 외 9연대 탈영병 14명,
허남섭 외 일반인 232명 총 248명의 군법회의 사형
선고자
집행기일 1949년 10월 2일 집행장소 제주비행장
사형집행자 제주도 헌병대장 조영구

비행기 굉음보다 더한
아우성이
활주로 밑에
있다

이름을 뺏기지 마라

무릇
세상에 존재하는 모든 것에는
이름이 있나니
이름을 빼앗기지 마라 그러면
목숨도 빼앗긴다

끌려가는 사람의 눈에 띄지 마라
그의 뇌리 속에 박혀 있는 너에 대한 기억은
그대로 살생부가 된다
나의 이름을 부르지 마라

세상의
모든 리스트 중에서도 그,
그들의 수중에 들어 있는
명단은 그
자체로 죽음의 도구이자 현실이다
명단에 의한
명단을 위한 죽음이 되는 것이다

이름을 함부로 팔지 마라
이름은 너의

상징이요 얼굴이며 더욱이
생명이다

총

새벽녘 어스름한 물체를 향해
미친 듯이 쏘아댔다
최소한 삼백 발의 탄피가 땅에 떨어졌다
날이 밝자
막사에 반찬을 나르는 아낙네가
벌집이 되어 있었다

총에 맞아 죽은 건 애깃거리도 되지 않던 시절
그러나 차라리
철창보다는 총을 쏘아 죽여 달라던 그 시절
그 많은 총과 실탄은 다 어디에서 왔는가
제 나라 경제가 돌아가기 위해선
식민지 약소국가 민중들의 죽음은 선인가
필요악인가

그날
국무회의에서는
제주도 특별소탕경찰대 1천 명 파견에
M1 총 1천 정 및 탄환 10만 발과 중기관총을
제주도에 보내기로 의결했다

엽신

濟州道 北郡 濟州邑 梨湖二區 大同部落 高庚生 殿
慶北 金泉邑 平和洞 245番地 高豪成 上書

'일각이 여삼추라 벌써 반년이 지났습니다
부모님 기력은 어떠하온지 집안일들은 어떠하십니까
이 아들은 멀리서 염려하시는 덕분에
몸 건강하오니 걱정하지 마십시오
혹이나 아들 정하를 잘 인도하여서 가정에
명심하도록 하여 주십시오
또한 보리 수확은 어떠하며
조밭 밟고 씨 뿌리는 건 어떻게 되었는지
알고자 합니다
4282년 7월 9일'

발신인은 6·25가 터지자
인민군에 합류할까봐
어디론가 끌려가 집단총살당해 암매장되었고
수신인은 소식을 알 수 없어
생일날 제사를 지내며
지방 대신 엽서를 놓는다
정하는 장성하여 어느새 중늙은이가 되었고
지금은 보리 조 농사를 짓지 않는다

분부사룀*

설운 나 자손들아 잘 들으라
설운 나 아들 얼굴 모르는
나 자손들아 잘 들으라
토란잎에 이슬 같은 우리 인생
사람이 살면 몇 백년을 살랴마는
하루를 살아도 사람답게 살아보젠
한라산을 집삼아 나 댕기단
어느 날 어느 시에
악독헌 놈덜 더러운 총칼에
눈 부릅떠 죽어질 때
설운 나 자손들아
그때 난 보았져
꿈에도 그리던 세상
사람 세상
이시믄 이신 양
어시믄 어신 양
오순도순 수눌어 가멍 사는 세상
총 맞아 죽어가멍도
그 세상을 보아시난 설운 나 자손들아
나의 눈을 감기지 말라
그 세상이 느네 세상이여

들쥐들이 육신을 뜯어먹고
까마귀가 눈알 파먹어
찬 세월로 뼛가루 날려가도
한라산을 위하여 싸우다 죽어지고
우리들의 수많은 죽음 끝에 본 세상
나가 무슨 미련 원망 이시크냐
그 세상을 만드는 건 느네가 할 일이여
설운 자손들아 잘 들으라
우리가 싸워 찾은 게 아니면
그건 해방이 아니여
우리가 싸워 뺏는 게 아니면
그건 자유가 아니여
우리가 싸워 만든 게 아니면
그건 통일이 아니여
설운 나 자손들아
우리가 싸워 이긴 게 아니면
그건 아무 것도 아무 것도 아니여
설운 나 자손들아 명심허라
느가 있는 그 자리가 바로
우리가 죽어간 자리이고
느가 있는 그 자리가 바로

느네가 싸움을 시작힐 자리여
새날 새벽이 동 터올 자리여
알암시냐 설운 나 자손들아
간 날 간 시 모르게 죽어간 영혼 피눈물만 흘렴구나
바람길 구름길에 떠도는 영신 피눈물만 흘렴구나

*분부사룀 : 억울하게 죽어간 영혼이 심방의 입을 통해 후손들에게
들려주는 이야기

不服의 한라산

시름에도 의연히 되새겨보는 그 순결한 말 해방이여
통일이여

놀래

영혼영신님네랑
오늘 오늘로 나 놀래로 풀려놉서
어제 어제로 놀고갑서
어제 오늘 오늘은 오늘이라
날도 좋아 오늘이라
달도 좋아서 오늘이라
성도 업만 가실소냐 성더리와 내 차지요
바람산도 놀고 갑서 구름산도 놀고나 갑서

오늘 오늘 오늘날은 맺힌 간장 다 풀려 놀자
무자기축년 악독한 시절 만나
한라산 자락 어느 이름 모를 골짜기에서
오름에서 들에서 내창에서 바다에서
무덤도 없이 죽어간 영혼영신님네
하도리에서 도두리에서 해안동 리생이에서
빌레못 동굴에서 산지 앞바다 서귀포 앞바다에서
이 마을 저 고을 이 바다 저 내창에서
죽어간 영혼영신님네
박성내에서 다랑쉬굴에서
일출봉에서 정뜨르비행장에서 정방폭포에서
경찰서 지하실에서 어느 형무소에서

이름도 없이 죽어간 영혼영신님네
함덕에서 표선해수욕장에서 화북리에서
봉개리에서 돔박웃홈에서 궤동산에서
모살불에서 삼양지서에서
억울하게 죽어간 영혼영신님네
사라봉 굴속에서 북촌리 옴팡밭에서
벌랑에서 영남리에서 메모루에서
천제연 도살장에서 애무허게 죽어간 영혼영신님네
육시우영에서 빌레못에서 반못굴 목시물굴에서
억물에서 단지모살에서 자운당에서
붉은못에서 굴왓에서 싱겡이서들 큰캐에서
가노란 말도 못 다 이르고 죽어간 영혼영신님네
마을공회당 앞에서 지서 앞에서 용의자리에서
연두망에서 성읍리에서 세화리에서
비학동산에서 두모리 해안가에서 명이동에서
염돈에서 삼한질거리에서 섯알오름 탄약고터에서
동광리 서광리 버들못에서
이름 거명하지 못한 그 외의 많은 장소에서 죽어간
영혼영신님네

총 맞아 죽고 죽창에 철창에 돌에 몽둥이에 맞아죽고

얼어 죽고 굶어 죽고 병들어 죽고 홧병으로 죽고
목매달아 죽고 수류탄에 박격포에 비행기 기총소사에
형체 없이 몸 헤싸져 죽고
대토벌에 걸려 떼죽음 당하고 여기 저기서 집단학살에
개에게 뜯겨 죽고 까마귀 돼지에게 뜯어 먹히고
모가지 팔다리 잘려 죽고 목졸려 죽고 불에 타 죽고
연기에 질식해 죽고 생매장당해 죽고 듬돌에 깔려 죽고
절벽에서 떨어져 죽고 죽은 피 먹어 죽고
휘발유에 태워져 죽고 말뚝에 박혀 죽고
볼 살 깎여 죽고 겁간당해 죽고 고문당해 죽고
아이도 죽고 어른도 죽고
젖먹이도 죽고 늙은이도 죽고
남자도 죽고 여자도 죽고
경찰 군인 서청 대청 민보단 무장대 다 죽고
이유 있어 죽고 이유 없어 죽고

무자기축년 그 험한 시절 죽어간
모든 영혼영신님네랑
못 오는 영혼 없고
떨어지는 영신 없이
이리 오십서 막걸리도 한잔 허시고

귀신도 놀고 생인도 놀고
산 자와 죽은 자가 한데 어우러져
어제 오늘 오늘 오늘은 오늘이라
날도 좋아 오늘이라
달도 좋아서 오늘이라
영혼영신 맺힌 간장 오늘 오늘로 다 풀려 놉서
영혼영신님네 오늘 석시석시로 놀아그네
조상원정 풀리는 대로 자손 간장도 다 풀려 놀자
영혼영신 맺힌 간장일랑
어기여차 설장고로 일천간장을 다 풀려 놀자
놀고나 가자 놀고나 가자
저 달이 떴다 지도록 놀고나 가자
요 내 간장을 풀려 주컨 맺힌 간장을 풀려나 줍서
궂인 간장을 다 풀려 줍서
영혼영신 울어가난 설운 자손도 잘도나 운다
아아 아아아양 어어어허양 어허어요

한라산의 생나무에 타오르는 불길

김동윤 문학평론가

1. '4·3' 증언대에 나선 시인

김경훈은 좀 특이한 이력을 지닌 시인이다. 그의 특이한 이력은 제주 4·3을 형상화한 이번 시집 속에 고스란히 배어 나타나고 있다.

우선 김경훈은 현장문학인이다. 그는 1981년 대학에 입학해 문학동아리에서 활동한 이후 〈풀잎소리〉 문학동인과 〈제주청년문학회〉에 이어 〈제주작가회의〉 회원으로 활동하는 등 줄곧 실천적 문학을 지향해왔다. 그런 가운데 그는 1990년대 중반 제주도의회 4·3특위 조사요원에 이어 지금은 제주 4·3사건 지원사업소 전문위원으로 일하고 있다. 4·3 탐구의 필독서라고 할 『잃어버린 마을을 찾아서』(1998)와 『무덤에서 살아나온 4·3 '수형자'들』(2002) 등의 공동집필자이기도 하다. 따라서 필자가 믿기로는, 이 시집에 나오는 여러 상황들의 경우 가공된 것은 없다. 철저한 현장조사와 면밀한 증언채록을 통해서 얻어진 상황들이라는 것이다.

김경훈은 극작가이기도 하다. 그는 『살짜기 옵서예』(2000)라는 마당극 대본집을 낸 바 있는데, 거기에 실린 9편의 작품 중 6편이 4·3을 형상화한 작품이며 나머지도 제주의 현실문제를 다룬 작품이다. 대개 현실적·사회적 문제를 적극 끌어들이는 가운데 민중의 입장에서 지배층의 허위의식을 신랄하게 꼬집는 것이 마당극이듯이, 그의 시 역시 그런 특성을 갖는다. 이 시집이 시종일관 4·3 문제의 밑바닥부터 파고들어 헤집음으로써 독자들을 충격 속으로 몰아넣고 있는 점은 마당극 작가의 면모를 십분 발휘한 것으로 판단된다. 또한 희곡의 대사를 연상케 하는 시들이 많은가 하면 대화와 지문을 활용하고 여러 신을 엮어서 보여주는 점도 김 시인이 극작가인 것에 유관하다.

김경훈은 배우이기도 하다. 그는 1987년부터 〈놀이패 한라산〉에서 활동하면서 40여 편의 마당극에 출연한 중견배우다. 그가 지닌 배우로서의 역량은 시를 통해서도 발휘된다. 이번 시집에서 시인은 배우가 되어 시 작품 내부에서 열연한다. 양민이 되기도 하고, 토벌대가 되기도 하고, 빨치산이 되기도 하고, 유족이 되기도 한다. 화자들의 목소리는 매우 생생하고 격정적이다. 그러기에 자연히 이 시집의 작품들은 비틀거나 꾸미는 방식과는 거리가 멀어지는 양상을 보인다.

이 시집에 실린 60편의 시는 3부로 균분되어 있다.

주로 제1부 작품들은 피해자의 입장에서 쓴 것이고, 제2부 작품들은 여러 유형의 죽임 방법을 중심으로 쓴 것이며, 제3부의 작품들은 제3자 또는 시인의 시각이 많이 드러난다고 할 수 있다. 하지만 이런 구분은 편의상의 것일 뿐, 전체를 흐르는 전체적인 맥락은 사태의 실상을 낱낱이 까발리어 증언한다는 것이다. 따라서 『한라산의 겨울』은 증언문학에 속한다. 일반적으로 증언문학은 "기록의 부족을 보완하고 왜곡된 진실을 새로운 방법으로 복원하려는 노력의 산물"(정찬영, 『한국 증언소설의 논리』29쪽)일진대, 김경훈의 경우 왜 오늘의 시점에서 이런 부류의 시를 택했을까?

2. 오갈 데도 없고 존재를 드러낼 수도 없었던

1948년부터 6년여 동안 진행된 제주 4·3은 제 정신으로는 들여다보기조차 곤혹스러운 사태였다. 30만이 못 되는 도민들 가운데 3만의 목숨을 앗아가면서 온 섬을 초토화했으니, 그 와중에 발생한 숱한 사연과 곡절들은 형언할 수 없을 정도다. 그래서 4·3문학의 본격적인 장을 연 작가 현기영은 일찍이 단편 「길」(1981)에서 제주 4·3을 '미친 시대'로 규정한 바 있다. 광기가 아닌 다른 말로는 당시 상황을 어찌 설명할 수 없다는 의미일 터다.

『한라산의 겨울』을 내는 김경훈의 작업 역시 마찬가지의 차원으로 읽혀진다. 김경훈은 자서(自序)로 쓴 「나의 노래」에서 자신의 4·3 형상화 작업을 '미친 작업'이라고 털어놓고 있다. '미친 시대'에 바투 다가서서 그 실상을 묘파하려다 보니 미치지 않을 수 없었다는 말인 듯싶다. 그러니 '미친 작업'이라는 스스로가 내린 규정이야말로 이 시집의 성격을 단적으로 나타낸 말이 되는 것이다.

비산비해—
산도 말고 바다도 말라
아래 붙으면 위에서 당하고
위에 붙으면 아래서 당한다
무색무취—
아무 빛깔이나 냄새를 피우지 마라
낮엔 대한민국
밤엔 인민공화국
날 밝으면 토벌대가 무섭고
땅거미 가리면 무장대가 무섭다

'미친 작업'이 되지 않을 수 없음은 당연히 4·3의
비극성에서 기인한다. 위 시에서는 4·3의 와중에 무
고하게 희생당하지 않을 수 없었던 제주사람들의 처
지가 적절히 표현되어 있다. 산은 무장대가 주둔하고
있는 곳이고, 해안은 토벌대가 활보하는 곳이다. '비산
비해'라고 했지만, 그 중간의 점이지대는 사실상 존
재하지 않았다. '무색무취'라는 주문도 마찬가지다. 오
래 전부터 아나키즘적 공동체주의가 두드러졌던 제주
민중들이니 특별한 색깔이나 냄새가 강할 리 없었건
만 시대는 그런 존재를 인정하지 않았다. 섬의 양민들
은 오갈 데가 없었고 존재를 드러낼 수도 없었다. 그
래서 "아버지는 묵은가름 집에서 몸져누워 지내다가/
토벌대 총에 맞아 죽었고/ 아들은 마을 보초를 서다가
무장대 습격 때/ 칼 맞아 죽었다/ 이쪽 저쪽이 다 무
서워 산에 들에 피신하던 삼촌은/ 누군지 모를 사람들
에게 죽어 시체도 찾을 수 없었다." 대부분의 섬사람
들은 영문을 모른 채 죽어갔다.

벙어리 재오는

스물 일곱이 넘도록 장가를 가지 못했습니다
길눈 밝아 앞장서서
아랫마을로 내려갔다가
삐라 뭉치 횡재하여 담배 말아 피우다가
난 아니우다 아니우다
뭐라 한 마디도 못한 채
어버버
덜컥 폭도로 오인되어 죽었습니다

팔푼이 순옥이는
열아홉 꽉 차도록 아무도 데려가지 않았습니다
먹을 양식 짊어지고
아랫마을로 내려가다가
가는 길 잊어버려 맴 맴 돌다가
난 아니우다 아니우다
이제야 지름길 생각났는데
아이고
식량 보급조로 오인되어 죽었습니다
—「재오와 순옥이」 부분

벙어리 재오와 팔푼이 순옥이야말로 그때 벌어진 수

많은 학살에 얽힌 진실을 보여주고 있는 단적인 예다. 재오는 삐라 뭉치가 보이자 횡재했다며 챙겨들고는 그것으로 담배를 말아 피우다가 폭도로 오인됐으나 '어버버' 소리만 연발하다가 죽어갔다. 그때 죽어간 대부분의 제주사람들은 벙어리 재오와 전혀 다를 바 없었다. 학살자들의 귀에 접수되지 않는 말은 소용없던 시절이었기 때문이다. 순옥이는 어떻게든 살아보려고 양식을 짊어지고 마을로 가다가 식량 보급조로 오인되어 죽어갔다. 당시에 오로지 생존을 위해 움직인 행위가 무장대와 내통한 행위로 찍혀서 목숨을 보전하지 못한 경우가 어디 한둘이던가.

그런 시절이었으니 3대가 한꺼번에 죽는 일도 벌어졌다. "열여덟 아까운 아이"인 "4대 독자 외아들이/ 군인 총에 죽어가자" 허망한 그의 "아버지는/ 절벽에서 떨어져 죽고" "우리 집안 씨가 멸했구나/ 이제 살아 무엇하리" 하고 낙담한 "할아버지는/ 천장에 목매달아 죽고" 마는 가족사의 비극이 연출됐다(「수난 3대」). 군인은 왜 그 4대 독자에게 총을 쏘았던가? 그 총질의 배후에는 무엇이 있었던가?

그러나 그걸 따져볼 수도 없었거니와 그런 죽음에 대해 함부로 말할 수도 없었다. 4·3에 대한 금기는 오랫동안 이어졌다. 비문조차 제대로 새겨 넣지 못했다. "'무법천지세상만나법도모르는악도들의총칼에횡사하시다' // 이렇게 쓰려고 했는데/ 노태우 대통령 시절이라 다들 만류한다." 물론 비문 내용은 틀림없는 사실이었다. 그러나 6월 항쟁 이후였음에도 신군부가 권력을 이어가던 당시의 사회분위기는 곧이곧대로 기록하는 것을 용납하지 않았다. 그래서 비문 내용을 두루 뭉실하게 줄여 버린다. "'무법천지세상만나무고하게횡사하시다' // 이렇게 쓸 수밖에 없었"던 것이다. 그래서 제주 사람들은 입술을 깨물며 마음속으로 이렇게 외쳐보는 것이다. "어느 대통령 시절이면/ 바르게나 쓸 수 있을까 아, 언제면/ 역사 바로 세워질까"(「비석을 묻으며」). '문민정부'에서도 '국민의 정부'에서도 비문은 제대로 쓰여지지 않았다. 이에 김경훈은 다시금 증언의 피맺힌 철필을 곧추세우지 않을 수 없었던 것이다.

3. '생넋'으로 되살아나지 않을 수 없었던

『한라산의 겨울』에는 특히 비인도적 행위에 초점을 맞춘 작품들이 많다. 차마 상상하기조차 어려울 정도로 끔찍한 상황들이 제시되고 있다. 읽는 이들은 연이

어 가슴을 쓸어내려야 한다.

　이건 구두다 이건
　그들이 신던 신발이다 이건
　노획한 밥솥이다 이건
　철모다 등에 지고 가는 이건
　절대로 머리가 아니다 이건
　발 냄새다 피 냄새가 아니다

　파견소 주임이 나무 그루터기에 걸쳐놓고
　톱으로 목 자르는 걸 분명코 난 안 본 거다

　동네에서 철창에 꿰어져 전시된 건
　철모다 구두다 신발이다 밥솥이다 정말로
　사람 잘린 목이 아니다

　아니야 아니야 아니야 아니야
　—「이건 구두라니까」 부분

　화자는 아마도 입산 경력이 있던 인물이다. 그는 토
벌작전에 동원되어 궂은 일을 맡아 하고 있다. 그런

그가 등짐을 지어 나르는데 그것은 파견소 주임이 나무 그루터기에 걸쳐놓고 톱으로 자른 토막시체였다. 그는 짐 지고 내려오면서 그것을 철모요, 밥솥이요, 구두로 생각하고 싶어한다. 하지만 그것은 엄연히 사람의 머리요, 몸통이요, 다리였다. 그것도 "자신과 함께 일했던 동무의" 것이었다. 그러니 온전한 정신으로 그 짐을 지고 발길을 옮길 수가 있겠는가. 그는 자신의 등에 있는 것은 단순한 물건들이라고 수없이 되뇐다. 그러나 "아니라고 아무리 아니라고 우겨봐도", "등을 타고 내려오는 섬뜩한" 피를 어쩔 수 없다. 게다가 그 토막시체는 철창에 꿰어져 동네에 전시됐으니 어쩔 것인가. 이 시집에서 증언하는 4·3 당시의 토막살인은 이뿐이 아니다.

「분육」에서는 "자귀로 닥닥/ 칼로 슥슥// 전각이요 후각이요대가리요족발이요/ 좌갈리요우갈리요숭이요 생간이여" 하면서 사람을 "소 돼지 잡듯" 갈라놓는 장면이 나온다. 그러니 이들이야말로 "사람피쟁이개백정놈들"이 아니고 무엇이겠는가. 「이건 구두라니까」에서 그랬듯이, 나뉘어진 인육은 또다시 수난을 당한다. "깃대에 걸려/ 바람에/ 나부끼는/ 누이의 머릿결/ 깃봉처럼/ 모가지 꽂히고/ 피에 젖은 태극기 아래로/ 내려다

132

보는/ 누이의 눈엔/ 잘린/ 팔다리"(「리사무소 깃대에」전문)누이의 목이 잘린 채로 깃대에 걸려 자신의 잘려진 팔다리를 내려다본다는 처참한 상황이다. 시인은 그때 토막난 피칠갑의 자기 몸을 응시하던 누이의 부릅뜬 눈이 여태 감겨질 리 없다고 전언하고 있다.

> 아랫도리를 벗겨놓고 부인더러 성기를
> 빨라고 했어 그리곤
> 우리 보고 자르라는 거야
> 피 뚝 뚝 떨어지는 칼로
> 무를 깎더니 우리에게 먹으라고 다그쳤어
> ―「공회당 앞에서」 부분

군인 네 명이 마을 사람들을 공회당 앞에 집합시킨다. 그리고 장정 한 명을 잡아다가 잔인하게 죽여놓고는 인용한 부분과 같은 해괴한 짓을 하고 있다. 그래놓고 성기를 자른 사람도 죽여버린다. "미친 시절"이었다. 그래서 증언자는 말한다. "다신 그런 꼴 보고싶지 않아/ 그런 세상 오면 자살해야지/ 살아서 뭐해." 이런 시를 읽다보면 '살아있다는 게 부끄럽다'는 말의 의미를 절감할 수 있다.

참혹함의 양상은 여기서 그치는 게 아니다. "서방이 산에 올랐다고/ 대창으로 찔러 죽일 때 뱃속의/ 태아가 꿈틀거리자 재차 총으로 쏘"고(「자살」), "사냥개 두 마리에게 뜯겨/ 만신창이로 버려져 있다가/ 눈알은 까마귀에게 파먹히고"(「개에게 뜯겨」), 일본도로 내리쳐 "몸뚱이에서 분리된 대가리가/ 떼굴떼굴 저 혼자" 굴러가고(「참수」), 회를 치듯이 난도질해 "골이 칼질에 묻어 창문 밖으로 튀"어나가고(「난도질해서」), "일어서지 않는다고/ (…) 두 다리/ 자귀로 잘라버리고"(「두 다리 잘려」), "산에서 잡힌/ 아들의 목을 잘"라서 "어머니더러/ 구덕에 목 담아/ 알몸으로/ 내려가게" 하고(「목」), 여자와 젖먹이 아이들이 "수십 명쯤/ 모두 철창에 찔린 채 가지런히 진열되어 있었"던(「하물며 지렁이도 보이면 피해가지 않느냐 사람을 죽일 리야 있겠는가」) 상황이 난무하던 시절이었다.

성은 인간에게 가장 원초적이면서도 성스러운 것이다. 따라서 그것이 유린될 경우 다른 어떤 상황에도 견줄 수 없는 치욕을 느끼고 비참한 존재로 전락한다. 그런데 그 미친 시절에서는 성적인 모멸과 학대의 참상이 한두 가지가 아니었다.

군인 둘이가 누나를 끌고 와서
옷을 다 벗기고 눕힌 다음
둘이서 가위바위보 하더니
한 놈이 먼저
혁대를 풀고 바지를 벗어
누나 위로 엎어졌다
…
한 놈이 고구마로
누나의 가랑이 사이를 쑤셔댔다
그것도 싫증이 났던지
가랑이 속으로 총을 쏘았다
　　—「증거인멸」부분

　벽장에 숨어 누나가 능욕당하고 죽는 모습을 지켜본
아이의 진술이다. 그렇게 죽어간 누나는 결국 군인들
이 증거를 인멸하려고 집을 불지르는 바람에 알몸인
채로 타 버렸다. 「지하실에서」의 경우는 차마 옮겨놓
기조차 꺼려지는 시다. 비시적인 요소가 매우 두드러
진 이 작품에서는, 의사인 남편을 둔 여인이 어린 딸
보는 앞에서 군인들에게 물고문과 성고문을 당한 끝
에 유방이 잘리고 칼에 찔려 죽는 상황을 엽기소설의

한 장면처럼 상세하게 그려놓는다. 시인의 창작 마당
극 제목의 표현대로 '그들은 사람이 아니었다.'

　어처구니없는 죽음들도 많았다. 「증명서」에서 보면,
할아버지 제삿날 집에 온 큰형에게 육지 경찰들은 신
분을 증명할 수 있는 서류를 대라고 윽박지른다. 급히
이곳 저곳을 뒤져보다가 끝내 증명서를 찾아내지 못
한 큰형은 결국 살아남지 못한다. 어머니는 시신을 뒤
지다가 "웃옷 안주머니에/ 고이 접힌/ 재직증명서"를
찾아내곤 울음을 터트린다. 「눈먼 할머니」에서는 똑바
로 쳐다보지 않는다는 이유로 눈이 온전하지 않은 노
파를 학살하고, 「당신 피는」의 경우 누런 색 미군복 물
들여 빨간 점퍼 입었다가 빨갱이냐고 목 찔러 죽이는
가 하면, 「대살」에서는 당사자가 없을 때 가족을 대신
죽이고 머릿수를 채운다.

　심지어 비슷한 이름을 가진 사람을 잡아다가 대신
생매장시키는 경우까지 있었다. 「생매장」을 보면 위미
마을 바닷가에서 벌어진 상황이 형상화된다. 김태섭이
란 사람이 김태성으로 오인되어 처벌하려는 순간, 학
살자들은 사람을 잘못 잡아온 것을 알게 된다. 하지만
그들은 '피라미 새끼도 못 되는 거'라며 그대로 생매
장해 버린다. "아니우다 난 김태섭이우다 살려줍서"라

는 절규가 받아들여질 리 없다. 김태섭은 결국 자신이 판 구덩이 속에서 "눈과 코 귀 입에 흙이 가득 들어찬 채/ (…)/ 누군지도 모르는/ 김태성으로 죽었"던 것이다.

이런 죽음들 앞에 모두는 극한적인 공포에 떨었다. 가을밤 나무 위에 숨어서 학살 장면을 목격하게 되니 "내가 떠는지/ 나무가 떠는지// 아래는 보지 않아도/ 학살의 그림자 오줌에 젖고/ 잔가지 떠는 소리만/ 파르르// 파르르" 났던 경우도 있었고(「나무 위에 숨어」), 한밤에 사내들이 들어와 일본도로 이모부를 난도질하는 걸 장롱에 숨어 보다가 공포에 질려 저도 모르게 소리지르는 바람에 "무릎 사이로/ 종아리 옆으로 다리를 모으고/ 쭈그리고 앉은 팔 다리로/ 칼이 정신 없이 들고 나"서 다리 힘줄이 끊어졌다는 열두 살 소년의 경우도 있었다(「난도질해서」).

밤
깊어
인적 없는
외딴 초가집
불빛 사이로 드러난
어머니의 시체 옆으로

꿇어앉은 아버지에게 다가선

총구가 반짝이고 등피불을 높이

치켜든 열한 살 딸 앞에서 죽어가는

그림자를 시커멓게 덮어가는 더욱 검은

어둠의 뒤로 바람은 불어 달무리마저 감추고

―「등잔 밑이 어둡다」 전문

부모가 살해되는 장면을 등불을 들고 생눈깔로 지켜
봐야 했던 어린 소녀의 상황이 그려져 있다. 시행(詩
行)이 진행될수록 그 길이를 늘려가면서 소녀의 공포
감이 점층하는 양상을 시각적으로 드러내고 있다. 외
딴 초가집 풍경에서부터 점차 카메라를 클로즈업하는
기법을 동원함으로써 공포감을 더욱 극대화하는 효과
를 거두고 있는 것이다.

이런 상황들이었으니 시인은 "볶은 콩에서도 새싹이
나고 아홉 번을 꺾어도 고사리는 돋아난다. 떼죽음 속
에서도 산목숨 있고 너희가 아무리 죽이고 죽여도 생
넋은 되살아난다"(「이렇게 말했다」)는 심정으로 시집
을 엮어내게 됐던 것이다. 그러니 어찌 '미친 작업'이
되지 않았겠는가.

4. 죽은 나뭇가지 속으로 새 나무가 자라나고

4·3의 비극은 그때로서 끝난 것이 아니었다. 상처는 나날이 깊어졌고 아픔은 강도를 더해갔다. 상흔의 양상은 다양하게 나타난다.

> 난 아니야 저리 가 저리
> 가 아악 내 그림자가 빨간색이네
> 이건 아니야 이건
> 내 그림자가 아니야
> 아악 토벌대가 온다
> 닭터럭 불리듯이 떼지어 온다
> 돌을 던져 어서 돌멩이를 던져
> 내가 죽이지 않으면 내가 죽는다
> 어서 몽둥이로 쳐라 그래
> 죽창으로 찔러 아악
> —「저기 어둠 속에」 부분

이 시는 시인이 『잃어버린 마을을 찾아서』(259~262쪽)에서 조사·정리했던, 원동마을 양창석이라는 인물의 이야기를 시로 형상화한 것 같다. 양씨의 경우

와 다른 점은 딸이 아들로 바뀐 것과 아들 찾으러 갔다가 행방불명됐다고 한 것 정도다. 당시 열세 살이었던 양씨는 소 먹이러 갔다 돌아왔더니 숨었다가 왔다며 마을사람들과 함께 총에 맞았는데, 그 현장에서 어깨에 총맞고 다리 부러지고 화상 입은 채로 기적적으로 살아났다. 그렇지만 그때 충격으로 그는 집안을 공포에 떨게 하는 발작을 계속한다. 인용된 시에서처럼 군인들이 쫓아온다며 돌멩이를 던지고 아내를 군인으로 착각하며 두들겨 패곤 했다. 양씨는 남의 집 머슴살이까지 하며 모진 세월을 살다가 환갑도 넘기지 못한 채 세상을 떠났다. 4·3이 배태한 레드콤플렉스의 양상이 구체적으로 확인되는 경우다.

「엽신」의 경우, "일각이 여삼추라 벌써 반년이 지났습니다"로 시작되는 전반부는 실제 고두성이란 사람이 경상북도 김천형무소에서 형무소에서 보낸 엽서를 콜라주 방식으로 옮긴 것이다. 엽서를 통해 발신인은 "혹이나 아들 정하를 잘 인도하여서 가정에/ 명심하도록 하여 주"고 "또한 보리 수확은 어떠하며/ 조밭 밟고 씨 뿌리는 건 어떻게 되었는지" 묻는다. 그러나 "발신인은 6·25가 터지자/ 인민군에 합류할까봐/ 어디론가 끌려가 집단총살당해 암매장되었고/ 수신인은 소식을 알 수 없어/ 생일날 제사를 지내며/ 지방 대신 엽서를 놓는" 상황이 되고 말았다. 그리고 발신인의 아들 "정하는 장성하여 어느새 중늙은이가 되었고/ 지금은 보리 조 농사를 짓지 않는다"는 것이다. 4·3 당시 불법재판을 받고 마포·대구·대전·목포·인천·전주 등의 형무소에 수감됐던 제주 사람들은 수천에 이른 것으로 알려지고 있다. 그 실상과 가족의 아픔을 가늠해 볼 수 있게 하는 작품이 「엽신」이다.

발굴 전에는
아버지의 유골이 세상에 나오기 전에는
얼마나 아버지를 욕하고 원망했는지 모른다
나고 자란 마을에서도 빨갱이새끼 손가락질 받으며
하다 못해 코흘리개 동창들에게도 따돌림당해
그렇게 도망치듯 육지로 밀려와 아버지를
잊으려고 머릿속에서 깨끗이 지워버리려고
양아치처럼 건달로 이제껏 살아왔지만

발굴 후에는
도대체가 죄송스러워 견디지 못하겠다 왜
유골 한 줌이라도 내 손으로 거두어

묻어드리지 못하고 관의 압력에 굴복해
화장해서 뼛가루를 바다에 다 뿌려야만 했는지
어엿한 도백이 된 옛날의 그 동창생
그의 말만 믿어야 했는지 옛날처럼 정보기관은 왜
그렇게 무서운 지 아이고 내 아이들 보기가
창피해서 아이고 아버지 나 정말 미치고 환장허겠소
　―「아, 다랑쉬」 부분

　1992년 44년 만에 동굴 속에서 11구의 4·3 희생자
유골이 발견돼 세상을 놀라게 했던 이른바 '다랑쉬굴
사건'이 형상화된 작품이다. 이들이 희생된 날은 토벌
대의 초토화 작전 전개로 인명피해가 극심한 시기였
던 1948년 12월 18일이었다. 토벌대는 굴속의 피난민
을 발견하자 폭탄 투척과 사격으로 일부는 사살하고,
일부는 굴 입구에 불을 질러 질식사시킨다. 반세기 가
까이 굴속에서 썩어 들어가던 유해가 공개됐으나 희
생자를 두 번 죽이고 유족들을 더욱 비통케 하는 일이
발생한다. 경찰에서는 다랑쉬굴이 남로당 아지트로 추
정된다고 발표했는가 하면, 당국에서는 서둘러 유골을
화장하고는 김녕 앞바다에 뿌리게 하고, 굴 입구를 시
멘트로 바르고 봉쇄해 버렸다. 다랑쉬굴 사건이야말로

4 · 3의 총체적 모순을 보여주는 상징적 사건인 셈이
다. 작품의 화자는 스물일곱 살에 굴에서 희생된 고순
환의 유족이다. 반세기를 넘는 세월 동안 대를 이어
계속되는 슬픔을 절감할 수 있다. 이는 다음 시의 맥
락과 상통한다.

어디로든 길이 막혀
숨쉴 틈조차 없다
삼족 삼대를 멸하는 봉건의 악형
하릴없이 세월만 흐르고 더디 흐르고
—「연좌제」전문

합리주의를 명분으로 삼는 현대성의 원리가 삶을 지
배하는 오늘의 시점에서도 '봉건의 악형'은 상존하고
있다. 그 동안 강산이 다섯 번도 넘게 변했건만 4 · 3
의 시간은 흐르지 않은 채 제자리에서 맴돌고 있었던
것이다.
  4 · 3특별법이 제정 · 시행된 지 3년이 더 지났어도
4 · 3은 아직도 미해결의 처참한 사태로 남아 있으면
서 제주 사람의 삶을 옭아매고 있다. 하여 김 시인은
증언의 말을 타고 시종일관 미친 듯이 채찍을 가하는

것이다. 그렇다고 그의 눈에 원한과 증오의 핏발만이
가득 찬 것은 아니다. 그는 해원(解寃)을 염원하고 희
망의 끈을 놓지 않는다.

> 귀신도 놀고 생인도 놀고
> 산 자와 죽은 자가 한데 어우러져
> 어제 오늘 오늘 오늘은 오늘이라
> 날도 좋아 오늘이라
> 달도 좋아서 오늘이라
> 영혼영신 맺힌 간장 오늘 오늘로 다 풀려 놉서
> 영혼영신님네 오늘 석시석시로 놀아그네
> 조상원정 풀리는 대로 자손 간장도 다 풀려 놀자
> 영혼영신 맺힌 간장일랑
> 어기여차 설장고로 일천간장을 다 풀려 놀자
> 놀고나 가자 놀고나 가자
> 저 달이 떴다 지도록 놀고나 가자
> 요 내 간장을 풀려 주컨 맺힌 간장을 풀려나 줍서
> 궂인 간장을 다 풀려 줍서
> ―「놀래」 부분

'놀래'는 노래의 제주 방언이다. 시인은 그 억울한

144

영혼들을 위무(慰撫)하며 해원을 회구하고 있다. 산
자와 죽은 자가 한데 어우러지고, 조상과 자손이 어우
러지고, 과거와 현재가 어우러지는 회심의 한 판을 벌
이고 있다. 맺힘에서 풀림까지의 거리는 너무도 멀고
어두웠지만, 이제는 맺힌 간장을 풀어내고 상생(相生)
의 시대로 나아가야 할 때라는 것이다. 그것은 올바른
진상규명을 전제로 함은 물론이다.

> 옛날 초가집들이 다 탈 때
> 이 나무로 불이 옮겨붙어 타들어 갔는데요
> 지금 한 번 가 보세요 시커먼 숯덩이를
> 간직한 채 한 가지는 말라죽었는데요
> 다른 가지는 시퍼렇게 살아 하늘 보고 있어요
> 죽임의 역사를 간직한 채
> 살림의 역사를 살아가고 있지요
> …
> 죽은 나뭇가지 속으로
> 새로운 나무가 자라고 있거든요
> —「선흘리에서」 부분

실제로 선흘마을에 가면 4·3 당시 가옥들이 소각당

할 때 함께 타다가 살아 남은 나무가 있다. 이 나무에
서 작가는 두 가지 의미를 이끌어내고 있다. 그 한 가
지는 당시에 섬이 온통 쑥밭이 되고 말았지만 그대로
완전히 스러져버린 것이 아니라는 것이다. 즉, 그 전대
미문의 비극에서 살아남은 이들이 그 아픔을 낱낱이
증언하고 있음을 말하고 있다. 다른 하나는 오늘의 우
리에게 희망의 싹을 틔우는 구실을 하고 있다는 것이
다. '죽은 나뭇가지 속으로/ 새로운 나무가 자라고 있'
다는 구절은 현대사의 비극을 떠안은 제주섬이 4·3
의 진상을 밝혀내고 평화와 인권을 수호하는 섬으로
거듭나게 되리라는 믿음과 희망의 메시지로 포착된다.

5. 생나무의 화력

일반적으로는, 시인의 내면에서 정화된 후 나오는
가지런한 목소리를 좀더 많이 듣고 싶은 게 시집을 대
하는 독자들의 바람일 수 있다. 따라서 이 시집에 불
만을 갖는 독자들도 있을 것으로 본다. 일반적 의미에
서 시 읽는 기쁨을 주는 데 대한 배려를 시인에게 요
청한다면 말이다. 특히 끔찍한 상황과 공포적 분위기
의 노골적이고 잦은 묘사를 접하면서 그런 불만은 가

중될 수 있다. 그러나 이 시집에서 김경훈은 일부러 그런 배려를 접고 불만을 유발하고 있는 것 같다. 그는 증언자의 입장에서 열정적으로 말하고 싶어한다. 시인은 끔찍한 상황 자체가 더도 덜도 아닌 생나무 그 대로의 4·3 진상임을 강변하고 있는 것 같다. 그리고 그것은 잘 다듬을 수 있는 게 아니라고 인식하는 것으로 보인다.

　김경훈은 현장에서 얻어진 기막힌 상황들을 세련되고 잘난 현대인들에게 날것인 채로 내보이면서 야유를 보내고 싶은 듯 하다. 이런 상황들을 방치하고서도 인류평화라고? 휴머니즘이라고? 인권이라고? 웃기지 말아라! 김경훈은 이렇게 질타하며 조소하고 싶은 것이 아닐까.

　그 동안 4·3을 형상화한 시들이 많이 나왔고 4·3 문제만을 다룬 시집도 몇 권 나온 바 있다. 하지만 이 시집처럼 날것으로 적나라하게 사태의 면면을 드러낸 경우는 없었다. 대개의 생나무는 불붙기가 어렵다. 그러나 일단 생나무가 타기 시작하면 그 불길은 걷잡을 수 없는 위력을 발휘한다. 이 시집에서 아픈 역사를 간직한 한라산 생나무의 화력이 어떤 양상으로 나타날 지 지켜볼 일이다.

삶의 시선 010

한라산의 겨울

초판인쇄 | 2003년 3월 27일
초판발행 | 2003년 3월 27일

지은이 | 김경훈
펴낸이 | 이인휘
펴낸곳 | 도서출판 삶이 보이는 창
등록번호 | 제18-48호
등록일자 | 1997년 12월 26일
배본 | 한국출판협동조합 02)716-5619

(152-850) 서울 구로구 구로6동 314-1 극동상가 412호
전화 | 02)868-3097   팩스 | 02)868-4578
홈페이지 | www.samchang.or.kr
E-mail | samchang@samchang.or.kr

값 5,000원

ISBN 89-90492-04-1